L'homme qui levait les pierres

Jean-Claude Mourlevat aime les histoires : les lire, les raconter et bien sûr les écrire. Il habite à la campagne, près de Saint-Étienne. Il adore aller au cinéma, au théâtre, se promener à pied ou à bicyclette, jouer avec ses deux enfants et voyager.

ISBN 2-84420-289-6

Loi n° 49-956 du 16 juillet 1949
sur les publications destinées à la jeunesse

Conception graphique : Bärbel Paulitsch-Müllbacher

1

Il y avait dans le Sud
un homme qui levait les pierres
et, chaque dimanche,
sur la place du village, il faisait
admirer sa force prodigieuse.
– Est-ce que c'est l'homme
le plus fort du monde ?
demandaient les enfants.
Et les pères répondaient,

mais sans rire, et avec ce vrai sérieux
qu'ont les adultes quand ils parlent
entre eux :

– Oui, mon garçon, je pense
que notre Ruper Oaza
est l'homme le plus fort du monde.

Les gens venaient de très loin
pour le voir. Dès le matin,
des familles entières s'installaient
sur les gradins de bois,
leur casse-croûte à la main.
Elles y passaient la journée à attendre.
Pour les faire patienter, on leur chantait,
en chœur et dans la langue du pays,
la chanson de Ruper. Elle disait

que Ruper était plus puissant
que le sanglier et plus souple
que le chevreuil, qu'il était capable
de soulever une église
et de la reposer plus loin.

On leur montrait ensuite
les jeux de force : des garçons
robustes sciaient des troncs d'arbres,
hissaient des bottes de paille
avec une corde ou faisaient
la course en portant des sacs
de blé sur leurs épaules.
Les gens applaudissaient,
mais par politesse seulement,
car ce qu'ils voulaient voir,

c’était Ruper Oaza,
le leveur de pierres.

2

Il arrivait toujours
en fin d'après-midi,
dans une vieille voiture poussiéreuse
et cabossée, conduite par l'aîné
de ses trois fils. Les deux autres
se tenaient assis sur les ridelles
de la remorque attelée derrière.
Tous les trois, qui avaient entre vingt
et trente ans, unissaient leurs efforts

pour mettre au sol la pierre
de Ruper Oaza. Elle était
parfaitement ronde et logée
dans une marmite de fonte.
Les trois frères renversaient
la marmite en faisant : « Ho hisse ! »
L'énorme pierre roulait,
tombait de la remorque
et s'enfonçait dans la terre
avec un bruit sourd et profond.

« Hou-ou… » soufflaient
les spectateurs et ils se disaient tous :
*aucun homme ne peut soulever
cette pierre.*

Ruper Oaza descendait alors

de la voiture. Il était immense et velu.
Il ressemblait à un gladiateur
avec sa large ceinture de cuir enroulée
quinze fois autour du ventre,
ses épaulettes de métal,
ses sandales et son crâne rasé.
Il ne regardait personne.

Dans un silence incroyable
(même les chiens se taisaient),
il se campait derrière la boule de pierre,
fermait les yeux quelques secondes,
s'avançait vers elle, lui parlait,
la caressait des deux mains,
l'enlaçait de toute son envergure,
la pressait contre lui,

puis il se raidissait soudain et…
il la soulevait.

Il la soulevait.

Il la maintenait un peu
contre sa poitrine, la faisait passer
sur son épaule droite et rouler
sur sa nuque. Puis il s'avançait
de trois pas, les bras largement écartés
du corps et se tenait quelques secondes
dans cette posture, face au public.
À cet instant, on croyait voir,
surgi de l'Antiquité, le géant Atlas
portant la Terre.

Alors, il laissait retomber la pierre
et restait un instant derrière elle,

immobile, comme s'il attendait
encore quelque chose.
Les spectateurs se levaient lentement,
sans applaudir, en signe de grand
respect. Ruper les remerciait d'un
hochement de tête presque triste et
regagnait la voiture.

Ses fils, à trois, faisaient rouler
la pierre dans la marmite renversée.
Ils la hissaient, à trois,
sur la remorque qui s'affaissait
sous le poids. Leurs muscles saillaient,
les veines de leur cou se gonflaient,
car la pierre de Ruper Oaza pesait
très lourd.

Le double exactement
de la pierre la plus lourde
qu'on ait jamais soulevée
dans ce pays où pourtant
les hommes sont forts.

3

Peio avait douze ans et vivait seul avec sa mère. Ce garçon était maigre comme un poulet plumé.
Chaque dimanche,
assis à la première rangée des gradins,
il écarquillait les yeux. Un soir,
il demanda :

– Maman, pourquoi
Ruper Oaza est-il triste

chaque fois qu'il a soulevé sa pierre ?

– Il n'est pas triste, répondit sa mère. Il n'y a que toi qui crois ça. C'est un homme taciturne, voilà tout.

Un autre soir, il annonça :

– Maman, je vais aller voir Ruper Oaza et lui demander de m'apprendre à lever la pierre.

– Peio, dit la mère, tu dois savoir qu'Oaza n'enseigne son art à personne, pas même à ses propres fils. Il se moquera de toi si tu y vas.

Peio en parla à quelques amis qui s'étranglèrent de rire

en l'imaginant tout menu
à côté du colosse. Mais il y alla
tout de même, un jour, après l'école.
Il trouva Ruper Oaza
en train de boire son café.

– Que veux-tu ? demanda le géant
d'une voix étonnamment douce.

– Je veux que tu m'apprennes
à lever la pierre.

Ruper ne se moqua pas de lui.
Il le regarda en soufflant
sur sa tasse brûlante. Peio ne baissa
pas les yeux.

– Montre-moi tes mains,
dit Ruper.

Peio tendit ses doigts fragiles
et délicats.

– Relève tes manches.

Peio retroussa ses manches
sur deux bras maigres
comme des bâtons.

– Montre-moi tes épaules.

Peio déboutonna sa chemise
et découvrit ses deux petites épaules
pointues.

– Comment t'appelles-tu ?

– Peio.

Le géant l'observa tranquillement,
vida sa tasse, l'observa à nouveau,
puis :

– Je te prends, Peio. Tu viendras demain à la même heure pour ta première leçon.

Le lendemain, Peio était là avec cinq minutes d'avance.

– C'est bien, dit Ruper Oaza, j'ai presque fini mon café. Bois donc un bol de lait en attendant.

Peio avala son bol en deux gorgées tant il avait hâte de commencer.

– Voilà, je suis prêt.

– Va laver ton bol, dit Ruper.

Un peu surpris, Peio courut laver son bol à l'évier. Il l'essuya même avec le torchon accroché au clou, et il le reposa avec les autres bols, dans le buffet.

– Et maintenant, tu me donnes ma première leçon ?

– C'était la première leçon, répondit Oaza. Rentre chez toi et reviens demain pour la deuxième.

4

Le lendemain, ils descendirent
dans la cour où se trouvaient
la voiture et la remorque.
Peio chercha des yeux la pierre ronde
qu'il aurait à soulever
pour commencer son entraînement.
Mais il n'en vit pas. Ruper Oaza
prit un bâton d'un mètre de long,
le lui glissa dans le dos,

sous la chemise, et sous la ceinture du pantalon.

– Marche !

Peio avança d'un pas raide.

– Ta colonne vertébrale doit être aussi droite que le bâton, dit Ruper. Elle doit le suivre exactement. C'est le bâton qui a toujours raison. Marche !

Peio traversa la cour, encore et encore.

– Rentre ton menton ! disait Ruper, et grandis-toi.

Ou bien :

– Respire normalement, tu n'es pas sous l'eau !

Ou bien :

– Ne te cambre pas !

En rentrant chez lui, à la nuit tombante, il avait mal partout et il se jura de ne plus jamais remettre les pieds dans cette cour.

Mais il revint le lendemain. Et ce fut exactement comme la veille, en pire.

– Quand sera la prochaine leçon ? demanda-t-il au moment de partir. Et il pensait : « Qu'elle soit demain, après-demain ou la semaine prochaine, de toute façon je ne viens plus ! »

– Elle sera quand tu le voudras, répondit Ruper Oaza.

Le jour suivant, il lui donna un tissu noir et alla se placer à l'autre bout de la cour.

– Tu me vois bien ? cria-t-il.

– Oui, je te vois.

– Mets le bandeau sur tes yeux.

Peio fit comme il disait et se retrouva dans l'obscurité.

– Viens me rejoindre maintenant.

La première fois, Peio se trompa de cinq mètres et buta contre la remorque.

– Recommence !

La deuxième fois, Peio se trompa de deux mètres et se heurta à la porte du garage.

– Recommence !

La troisième fois, il marcha très lentement et sentit sur sa peau le moment où il passa du soleil à l'ombre. Il traversa toute la cour et fut arrêté par la gigantesque main de Ruper contre sa poitrine.

– C'est bien. La leçon est finie. Rentre chez toi.

5

Les mois passèrent. Peio apprit à se tenir parfaitement immobile sur une jambe, à se laisser tomber en arrière dans les bras de Ruper qui le rattrapait à dix centimètres du sol, à porter un verre plein d'eau à ras bord sans en renverser une goutte, à marcher sur une corde raide, à respirer lentement ou à se taire

pendant une journée entière.
Mais pas plus à sa mère
qu'à ses camarades il n'osait dire
la vérité : au bout
d'un an d'apprentissage,
il n'avait toujours pas touché
la moindre pierre !

Un jour, il osa en parler à Ruper :

– Est-ce que… je vais soulever
une pierre, bientôt ?

– Tu veux soulever une pierre ?

– Oui.

Ruper alla dans son hangar
et rapporta dans sa main,
comme si c'était une boule

de pétanque, une pierre ronde de trente kilos environ. Elle avait la taille d'un ballon de football.

– Vas-y. Soulève-la.

Peio respira profondément. Il se pencha sur la pierre, l'étreignit et la souleva sans peine.

– Elle n'est pas assez lourde, dit-il, dédaigneux, et il la jeta au sol.

– Recommence ! dit Ruper.

Il la souleva une deuxième fois.

– Recommence ! dit Ruper.

Peio dut la soulever plus de vingt fois. À la fin,

les muscles de ses bras brûlaient
et ses jambes ne le tenaient plus.

– Encore une fois, dit Ruper.

– Je n'y arrive pas, gémit Peio,
elle est trop lourde…

– Trop lourde ? s'étonna Ruper.
C'est bizarre, tout à l'heure
elle était trop légère…
Rentre chez toi, la leçon est finie.

Quelques jours plus tard,
Ruper dit à l'enfant :

– Peio, la prochaine leçon
sera dans cinq ans exactement,
jour pour jour, ici, à la même heure.

– Dans cinq ans ! s'étonna Peio.

Et qu'est-ce que je dois faire d'ici là ?
– Mais ce que tu veux, Peio,
ce que tu veux… Je te demande juste
de ne pas grossir.

6

Cinq ans plus tard exactement,
jour pour jour et à la même heure,
Peio arrêta sa Mobylette
dans la cour de Ruper Oaza.
Il klaxonna trois fois
et le géant apparut à la porte.

– Bonjour, je viens pour la leçon,
dit Peio.

Ruper descendit l'escalier

et vint à sa rencontre.
Peio avait beaucoup grandi,
mais il était toujours maigre
comme une bicyclette.
Sa pomme d'Adam pointait
sur son cou. Sa poitrine était plate,
ses jambes étaient frêles.

– C'est bien, dit Ruper.
Et tu n'as pas pris de poids…
C'est encore mieux…
Dimanche prochain,
tu soulèveras la pierre à ma place.

Peio faillit en tomber
à la renverse :

– Quoi ? La pierre ?

La grosse pierre ?
Mais je ne me suis pas entraîné, je…

– La leçon est terminée pour aujourd'hui, l'interrompit Ruper. Tu peux t'en aller.

Peio rentra chez lui en maudissant cet homme qui ne disait jamais ce qu'on attendait. « Il se moque de moi ! pensa-t-il. Il ne m'a rien appris ! Et maintenant il veut me ridiculiser en public. Je n'irai pas ! »

7

Le dimanche venu,
Peio ne put s'empêcher
d'aller tout de même sur la place.
Comme les gradins étaient
déjà remplis, il s'accroupit
au pied d'un arbre, à distance.
La voiture poussiéreuse
arriva vers cinq heures,
mais Ruper n'était pas dedans.

Ses fils en descendirent pourtant
et firent rouler la pierre,
comme à l'habitude. Soudain,
Peio sentit une main énorme
se poser sur son épaule.

– Va, lui dit Ruper.
Va soulever la pierre...

– Mais, bredouilla Peio,
je n'ai jamais... je suis en habit
du dimanche... je...

– Ne crains rien, dit Ruper.

Peio, sans comprendre
pourquoi il le faisait,
se leva et traversa la place.
Il ôta sa veste et la tendit à un ami.

Derrière la pierre de granit,
il semblait plus fragile qu'un insecte.
Mais personne ne songea à rire.
Le silence se fit. On n'entendait
plus que le bruissement léger du vent
dans les arbres. Il ferma les yeux,
comme il avait vu Ruper le faire
des centaines de fois. Il s'avança
vers la pierre. Il se pencha sur elle,
la caressa des deux mains.
Il se demanda un instant
ce que Ruper pouvait bien lui dire
avant de la soulever. À tout hasard,
il chuchota : « Fais-toi légère,
s'il te plaît… » Il tâcha de tout

se rappeler : le dos droit, l'équilibre,
la respiration, la patience...
Puis il s'arc-bouta et produisit
le plus gigantesque effort de sa vie.

8

La pierre ne bougea pas d'un millimètre. Elle semblait vissée au sol pour l'éternité. Alors Peio se redressa et se tint immobile derrière elle, tête basse. Les spectateurs ne savaient que faire. C'est alors que le miracle arriva.

Peio ressentit d'abord

le fourmillement dans ses pieds, puis le long de sa colonne vertébrale. Son corps se fit incroyablement léger et ses deux pieds décollèrent du sol en même temps.

– Je m'envole ! balbutia-t-il, et il écarta les deux bras pour garder son équilibre et ne pas basculer.

Il s'éleva avec la légèreté d'un ange jusqu'à la hauteur de la pierre et se posa dessus comme un oiseau sur une branche. Les spectateurs se levèrent. Ceux qui étaient couverts ôtèrent leur chapeau, leur béret, leur casquette.

Quand il revint à lui, Peio vit que Ruper lui tendait les bras pour l'aider à redescendre de la pierre. Il se laissa emporter par le géant.

Dans la voiture poussiéreuse, il eut le droit de s'asseoir à ses côtés.

– Tu sais, dit Ruper, depuis que je lève les pierres, j'ai toujours rêvé de m'envoler, après… Parce qu'on se sent si léger quand on les repose… Mais mon corps est trop lourd…

– C'est pour ça que vous êtes triste ?

– C'est pour ça que j'étais triste. Je ne le suis plus, maintenant.

Le dimanche suivant, Peio réussit à s'élever jusqu'à la hauteur d'un balcon voisin. Celui d'après, il se percha sur le toit de la mairie. Une semaine plus tard, il caressa de la main le coq du clocher.

Depuis ce temps-là, chaque dimanche, on se presse sur la place du village pour voir l'homme qui lève les pierres mais surtout pour admirer le garçon qui vole. Et si, par temps couvert, il vient à disparaître au-delà des nuages, alors les gens du pays se lèvent

et ils chantent à pleine voix,
tous ensemble, en regardant le ciel,
afin que Peio les entende…
et qu'il leur revienne.

Collection Petite Poche

Le Père Tire-Bras
de Jean-François Chabas

À table, Président !
de Yann Mens

Vivement jeudi !
de Mikaël Ollivier

Les frayeurs de la baby-sitter
de Jo Hoestlandt

L'homme qui ne possédait rien
de Jean-Claude Mourlevat

Valentine-remède
de Jeanne Benameur

Jour de colère
de Caryl Férey

Mange tes pâtes !
de Mikaël Ollivier

Cousin contre cousine
de Jo Hoestlandt

Il y a des heures qui durent longtemps
de Élisabeth Brami

L'homme à l'oreille coupée
de Jean-Claude Mourlevat

Je déteste Ernesto
de Sylvie Chausse

Ce soir, y a match
de Yann Mens

T'es un grand garçon maintenant
de Mikaël Ollivier

Les infernaux
de Thomas Scotto

Citron, fraise et chocolat
de Kochka

J'attends maman
de Murielle Szac

Romain Desbois, prince des menteurs
de Mathis

Un ange au balcon
de Hortense Cortex

C'est ma chambre !
de Yann Mens

Ça va déménager
de Guillaume Guéraud

Je t'aime
de Susie Morgenstern

Chien-le-chien
de Hubert Ben Kemoun

La confiture aux cochons
de Marc Daniau

Sans toit ni moi
de Thomas Scotto

Edgar
de Hortense Cortex

L'homme qui levait les pierres
de Jean-Claude Mourlevat

Rebecca
de Murielle Szac

Sur le bout des doigts
de Hanno

La demoiselle d'horreur
de Jo Hoestlandt

Ma grand-mère perd la tête
de Corinne Dreyfuss

Le royaume des reines
de Marie-Sabine Roger

Peau de lapin
de Mikaël Ollivier

Je te hais
de Susie Morgenstern

Cinq, six bonheurs
de Mathis

J'ai perdu mon chat
de Véronique M. Le Normand

CET OUVRAGE A ÉTÉ ACHEVÉ D'IMPRIMER
LE CŒUR LÉGER POUR LE COMPTE
DES ÉDITIONS THIERRY MAGNIER PAR
L'IMPRIMERIE TECHNIC IMPRIM À 91 LES ULIS
EN AOÛT 2004 (2e ÉDITION) DÉPÔT LÉGAL : MARS 2004

Imprimé en France